2. 마이 스윗 디어 팬 여러분♡

마이스윗디어 현장이 담긴 책은 출간해서
팬여러분들라 그 날의 추억을 공유하게 되어
정말 기쁘고 행복합니다 ♥

이진혁

팬분들을 책으로 만나서 기뻐요!!♡
이쁘게 봐주세요~ -이진혁-

너랑 있으면… 그냥 좋아

| 오로라크루 대본집 |

마이 스윗 디어
My Sweet Dear

blackD

작
가
의
말

신성한 키친의 왕은 단 한 명이다!

누구든 그 법을 따라야 한다.

좁은 공간 안에서 완전 다른 세계관을 가진 두 남자가

뿜어내는 숨 막히는 요리 대결.

뜨거운 불 앞에서 날카로운 칼을 들고 섹시하게

맛있는 요리를 만들어내는 남자,

매력적이다.

긴장감, 숨 막힘 그 예민한 공간 속에서 벌어지는

셰프들만의 사랑 이야기를…

돌아서면 또 생각나는 달콤한 사랑의 맛으로

그려내고 싶었다.

길 위의 자유로운 보헤미안 같은 정우와 FM 라디오같이

오직 요리밖에 모르는 모나미 볼펜처럼 각 잡힌 남자 도건,

두 남자의 불꽃 튀는 신경전이 사랑 앞에서 어떻게

무장해제되는지.

가진 것 하나 없어도 이상하게 당당한 정우와
그 당당함이 자꾸 신경 쓰이는 도건,
하나뿐인 헤드 셰프 자리를 두고 벌이는 승부 앞에
두 사람의 감정은 자꾸 어긋나기만 한다.

사랑이 먼저일까? 성공이 먼저일까?
사랑하는 사람 때문에 내가 자꾸 변하는 게 느껴진다.
이 사람을 만나기 전 내가 전부라고 생각했던 것들은
무너지고 이제는 오직 이 사람만 있으면!으로
바뀌어 가는 과정을 보여 주고 싶었다.
오늘을 뜨겁게 사랑하는 청춘들의 맛있는 사랑 이야기!
〈마이 스윗 디어〉와 함께 잠시나마 내 청춘의 달달함에
빠져 보자.

2022년, 오로라크루

S# 장면(Scene)을 의미하며 동일 장소, 동일 시간 내에서 여러 각도(Shot)와 행동, 대사가 어우러져 한 씬을 구성한다.

플래시백 회상을 나타내는 장면. 등장인물이 겪었던 과거의 장면을 짧게 보여주며, 과거 기억의 재생 또는 설명의 수단으로 쓰인다.

몽타주 따로따로 촬영한 화면을 적절하게 떼어 붙여서 하나의 긴밀하고도 새로운 장면을 만드는 기법을 뜻한다.

(E) 효과음(Effect)을 뜻하며, 주로 화면 밖에서 들리는 음향효과를 나타낼 때 사용한다.

off 화면 밖에서 들리는 등장인물의 대사.

contents

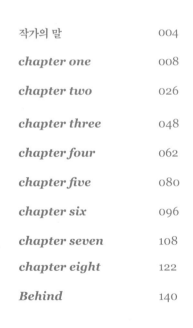

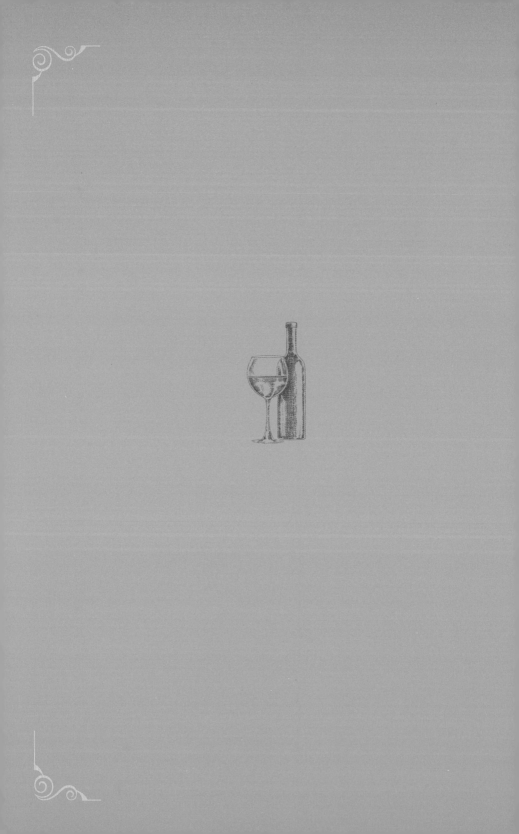

ONE

My Sweet Dear

S#1. 오프닝 영상

무지 화면. 샤워기 물줄기 소리 들리고, 이어 핸드폰 벨소리.
화면 밝아지면, 정우 집. 샤워실에서 물기를 말리며 나와 핸드폰을
보는 정우.

정우   (핸드폰을 집어 받는) 네, 지금 준비하고 있어요. (웃는)

지도 어플을 터치하는 정우의 손가락. 목적지 로라 다이닝.
'로라 다이닝' 간판이 걸려 있는 주방동.
곧이어 도건이 출근을 한다.

교차 몽타주

(정우 옷장으로 인) 동시에 옷장에서 흰 셔츠를 꺼내는 정우.
멋지게 팔을 넣어 입는다.
(주방 안) 도건도 조리복에 팔을 넣어 입고, 이어 단추를 아래에서
위로 잠그기 시작한다.
마지막 단추를 잠그는 정우의 손.
지저분한 조리화를 신는 도건.
정우의 손, 번쩍번쩍 새 구두를 닦는 모습.
(정우의 화장대 위 스킨 클로즈업) 스킨을 집어 드는 정우의 손.
조리대에서 스테이크 고기에 소금을 묻히는 도건.
탁탁 치자 날아오르는 가루들.

탁탁, 스킨로션을 손바닥으로 쳐서 얼굴로 가져가는 정우.

향수를 목에 칙 뿌린다.

조리대에 가스 불을 붙이는 도건의 손.

향수를 계속 목에 뿌리는 정우의 모습.

스테이크 고기를 얹자 칙 경쾌한 소리.

가니시에 쓸 야채를 써는 도건의 빠른 손놀림.

스테이크 고기를 조리대에 올려놓는다. 플레이팅을 하는 도건.

빌라 앞에 주차된 새 차로 다가가는 정우, 해안 도로를 신나게 달리는 정우의 차. 설레는 표정 가득.

완성된 요리를 보며 흐뭇해하는 도건의 얼굴 나오면,

Title in / 마이 스윗 디어

S#2. 주방동, 낮

새하얀 조리복과 네이비 색상 허리 앞치마,

요리에 집중한 눈빛이 섹시한 도건.

요리에 사용할 소스를 믹서기에서 스푼으로 떠서 맛본다.

재훈이 주방으로 오더니 도건의 소스를 맛보며 맛있다고 말하자 웃는 도건.

이때, 귀여운 나비넥타이를 한 홀 서빙 담당 예준이 어리둥절한 표정으로 주방에 들어오고.

머뭇머뭇 망설이며 도건의 눈치만 보는데,

예준   저기….

도건   (시선은 계속 요리에 두고) 말해.

예준   그… 좀 가보셔야 할 것 같아요.

'무슨 일이야?' 하는 표정으로 뒤돌아보는 도건.

S#3. 홀, 낮

예준의 안내로 주방에서 나와 손님에게 걸어가는 도건.
멀찍이 홀로 앉아 도건의 트러플 한우 요리를 먹고 있는 정우의 뒷
모습이 보인다.
도건이 가까이 다가가고, 인기척을 느꼈지만 뒤돌아보지 않는
정우.

도건   손님, 요리에 무슨 문제라도….

포크로 음식을 찍어서 대뜸 도건의 얼굴 앞에 쓱 내미는 정우.
도건이 어리둥절해서 쳐다보자, 얼굴 앞으로 더 바짝 포크를 들이
댄다. 도건은 얼떨결에 정우가 주는 요리를 받아먹는데….

정우   어때요?

도건   (심각해져서 골똘히 음미) 어떤 의미로 하는 말씀?

정우   (살짝 찡그리며) 그러게요, 어떤 의미일까?

도건   (계속 씹으며 음미, 요리 한 번 보고)

정우   (도건 표정 보고 웃는) 그렇다고 너무 심각해지지는 맙시다, 우리.

도건   (살짝 기분 나빠서) 우리요?

여전히 웃는 얼굴로 자리에서 천천히 일어나는 정우.

정우   네. 우리.

도건 눈을 보며 다시 걸어오는 정우.

도건의 뒤로 가더니 느슨한 앞치마 끈 한쪽을 잡고 당긴다, 줄이 스르륵 풀리면 풀린 줄을 잡고 자신의 몸쪽으로 살짝 당기는 정우.

도건의 몸이 정우 쪽으로 휘청한다. 순간 눈 마주친 두 사람, 씨익 웃으며 도건의 앞치마를 다시 묶어 주는 정우 손길, 눈길 천천히 여유롭고, 당황스럽기는 하지만 이 상황에서 도건도 지지 않는다. 정우의 눈빛 절대 피하지 않고 가만가만 촉촉이 바라본다.

정우   근데 여기는 앞치마가 좀 독특하다.

순식간에 벌어진 일에 어이없는 도건. 정우, 나가려다가 뒤를 돌아 보며,

정우   아하! 자주 봐요. 우리.

정우의 모습이 사라짐과 동시에 분수가 솟구쳐 오르고, 꿈을 꾼 듯 벙찐 도건의 표정.

S#4.   로라 다이닝 사무실, 낮

모니터 화면 속 사진(손님들과 찍은 사진)의 도건 표정이 똑같다.
화면 빠지면- '로라 다이닝' 관련 인스타 검색 중. 손님과 찍은 도 건 사진이 마음에 안 든다.

로라킴   대체 장사를 하자는 거니, 말자는 거니.
               팬 서비스가 이래서야 원.

'신메뉴는 생각보다 별로~ 그렇지만 분위기는 굿!'이라는 내용의
포스팅. 로라킴의 눈빛에 걱정이 가득하다.

로라킴   (욱하는) 아니 그리고 여기가 왜 윤도건 레스토랑이야!
               로라킴 떡하니 여깄는데!

이때, 사무실로 들어오는 도건. 로라킴 표정 관리를 하며 친절하게
맞이한다,

로라킴   왔어? 앉아.

미니멀한 로라킴의 사무실. 큰 공간에 책상과 의자, 화분들뿐이다.
로라킴의 맞은편 의자에 앉는 도건.

로라킴   얼굴 상한 것 좀 봐. 엄청 바빴나 보네.
도건   하실 말씀이라도….
로라킴   아! 잠깐만.

도건의 카톡 문자 알람이 울린다. 보면- 레스토랑의 사진들.
방금 로라킴이 전송했다. 어리둥절한 도건의 표정.

로라킴 요즘 SNS에서 뜨고 있는 레스토랑들.

　　　　요리도 이제는 패션이잖아. 트랜드에 뒤처지면 끝나는 거지, 뭐.

　　　　언제까지 우리 제자리걸음만 할 거냐고요.

도건　　사장님… 전에도 말씀드렸다시피 저는….

로라킴 알지~ 윤셰프 마음 나 다 알아. 내가 그 클래식함에 반했잖아.

　　　　뭐, 미슐랭 딴 것도 그 덕이고. 근데, 내 꿈이 좀 많이 커서 그래요.

　　　　나 지금 이 레스토랑 전 세계적으로 런칭할 계획이거든.

　　　　아주 캐주얼하고, 대중적으로.

도건　　전 트렌디한 것보다 베이직한 것이 좋습니다.

로라킴 (일어서서 도건에게 다가가며) 베이직… 베이직…

　　　　자꾸 그렇게 딱딱하게만 굴면 매력 없는데.

　　　　로라킴, 책상에 앉아 도건을 내려다보며.

로라킴 (달래듯) 우리 신메뉴 매출 봤죠? 그게 바로 우리 성적표라고.

　　　　난 윤셰프가 스스로 공부를 더 했으면 좋겠어.

　　　　내가 붙들고 나머지 공부시키기 전에. 무슨 말인지 알죠?

　　　　몹시 망설이는 도건의 얼굴. 그림자가 드리운다.

S#5.　정우 집, 밤

　　　　소파에 걸터앉아 한 손으로는 술잔을, 다른 손으로는 휴대폰을 귀에 대며 통화하는 정우.

남자off   야, 최셰프. 너 어디야?

정우   내가 어딘지가 왜 아직도 궁금하실까~?

남자off   그거 가게 차린다고 빌려 간 돈.

               내가 독촉은 했지만 한 번에 다 갚으니까 놀래서.

               어떻게 된 일이야? 로또라도 맞았냐?

정우   빚을 갚고 나니까, 뭐가 제일 좋은지 알아요 형님?

               어디냐는 질문에 답을 안 해도 된다는 거.

               다시는 보지 맙시다, 행님~ (뚝-)

통화 종료 버튼 누르고, 여유롭게 술 마시는 정우의 모습.

정우(E)   됐지, 로또.

플래시백

낮에 레스토랑에서 본 도건의 얼굴.

현재

그 얼굴 떠올리던 정우. 생각하며 미소 짓는다.

S#6.　주방동, 밤

다들 퇴근한 주방에 홀로 남아 마지막 정리를 하고 있는 도건.

플래시백

낮에 도건의 앞치마 끈을 묶어 주던 정우.

현재

긴 한숨과 복잡한 표정의 도건.

주방동 불을 끄고 퇴근하는 도건의 모습. 페이드아웃.

S#7.　레스토랑 주방, 낮

도건의 빈자리가 큰 셰프들, 어느 때보다 분주하게 식재료를 체크하고 메뉴 준비를 한다.
이때 주방으로 불쑥 들어온 정우.
특유의 껄렁한 걸음으로 주방 안을 훑어보는 정우가 그저 황당한 셰프들.

재훈　아오, 깜짝이야. 어, 손님. 여기 들어오시면 안 되는데.

　　　(어깨로 정우를 막아서며) 홀은 저쪽입니다.

정우　(재훈 어깨 슬쩍 치며) 주방 세컨드? 반가워요.

재훈   저기, 선생님? 여기 막 들어오시고,

어어어, 여기 그렇게 막 그렇게 앉고 그러시면 안 되는데.

저기, 제가 홀 이렇게 안내해드릴게요. 같이 가시죠.

이때 주방으로 로라킴이 들어온다.

정우, 로라킴에게 자연스럽게 눈인사하고

로라킴   왔어? 의외로 부지런하네. 이렇게 일찍 오고.

(재훈 보며) 이쪽은 오늘부터 우리랑 함께할 최정우 셰프님.

인사드려.

재훈   잠깐만, 잠깐만… 저 지금 버퍼링이 걸린 거 같아 가지고요.

잠깐만요. 윤셰프님한테 얘기 못 들었는데….

정우와 로라킴, 시선 회피하자,

재훈   아, 뭐 설마, 설마… 혹시 헤드 셰프님 그런 건 아니시죠?

정우   (웃으며) 지금은 아니지만 앞으로 되지 말라는 법은 없죠?

(하이파이브하려고 손 올리며) 잘 부탁해요.

뭐 이런 놈이 다 있지? 싶은 표정으로 바라보다가 자신도 모르게

하이파이브해 주는 재훈.

로라킴   손님 오시니까 자세한 얘긴 나중에 하자.

재훈 저 팀은 윤셰프님 스페셜 메뉴만 주문하는데.

(자조하며) 망했네. 아오, 왜 하필 윤셰프님 없을 때… 아오 머리야.

정우 왜 스페셜 메뉴가 안 돼요? 재료 소진?

재훈 그건 우리 윤셰프님만 할 줄 아는 메뉴라서.

플래시백

도건의 요리 먹어 보던 정우의 모습.

현재

그 순간이 떠올랐는지 씩 웃는 정우.

정우 주문 받아요.

재훈 저 손님들 윤셰프 요리 아니면 바로 알아채시지 말입니다?

정우 그거야 두고 보면 알겠죠.

예준 (당황) 맞아요, 우리 윤셰프님 아시면 큰일 나는데.

정우 우리 윤셰프~ 우리 윤셰프~ 여기 주방은 사랑이 아주
오버 쿡으로 넘쳐흐르네. 마음에 들었어. 일할 맛 난다.

(벽에 붙은 주문표 확인하며) 자, 그럼 시작해 볼까?

예사롭지 않은 스킬로 칼질하는 손 타이트. 정우, 본격적으로 요리
시작하는데,

정우(E) 당근?

순간 압도당한 듯, 바라보고 서 있는 재훈.

정우   양파.

재훈   (압도돼서 바로 양파 찾아서 대령!)

썰고 있는 식재료 한 조각 입에 대충 물고 잘근잘근 씹으며 요리하는 정우의 섹시한 모습.
이를 지켜보던 재훈이 정우 눈치 보며 핸드폰을 몰래 꺼내 들며 나간다.

S#8. 다른 레스토랑 앞, 낮

가게 문을 열고 나온 도건, 전화 울려서 받으면 재훈이다.

도건   응. 재훈아.

재훈off	(소곤소곤) 셸! 셸! 셸! 지금 비상사태예요! 완전 큰일 났어요.
도건	왜? 무슨 일이야? 알아듣게 천천히.
재훈off	(소곤소곤) 그러니까 스페셜 메뉴가 나가야 되는데 그걸 지금,
	어떤 모르는 사람이 막⋯.
도건	아니, 뭐라는 거야. 알아듣게 말을 해.
재훈off	(소곤소곤) 아무튼 셰프! 빨리 레스토랑으로 들어오세요, 예? 빨리!

끊겨 버린 전화 보며 어리둥절한 도건.

S#9. 주방동, 낮

도건이 주방으로 들어온다.
셰프들에게 다가가는 순간 코를 찌르는 향수 냄새에 얼굴이 찌푸
려진다.

도건   뭐야 이거? 어떤 놈이 주방에서 향수 뿌렸어?

이때, 뒤쪽에서 밝은 표정으로 걸어 나오는 정우.

정우   역시, 스타 셰프는 예민해.

플래시백

S#3에서 도건에게 뒤돌아보며 말하던 정우.

정우   자주 봐요, 우리.

현재

도건   (정우 얼굴 보고 놀라서) 그때 그 앞치마?

정우   최정우라고 불러주지, 이왕이면. (손 내밀며) 그리고 또, 반가워요.

황당한 표정의 도건과 능글맞게 웃는 정우 모습에서 엔딩.

TWO

My Sweet Dear

S#1. 주방동, 낮

도건이 주방으로 들어온다.
셰프들에게 다가가는 순간 코를 찌르는 향수 냄새에 얼굴이 찌푸려진다.

도건   뭐야 이거? 어떤 놈이 주방에서 향수 뿌렸어?

이때, 뒤쪽에서 밝은 표정으로 걸어 나오는 정우.

정우   역시, 스타 셰프는 예민해.

플래시백

S#3에서 도건에게 뒤돌아보며 말하던 정우.

정우   자주 봐요, 우리.

현재

황당한 표정의 도건과, 능글맞게 웃는 정우.

도건   (정우 얼굴 보고 놀라서) 어? 그때 그 앞치마?
정우   에이, 그때 그 앞치마가 뭐야. 첫 이미지 별로다.
       최정우라고 불러주지. 이왕이면.

(손 내밀며) 그리고 또, 반가워요.

도건 뭡니까?

정우 뭐가요?

도건 여기서 뭐 하는 거냐고. 지금

정우 (팔짱 끼며) 보시다시피?

정우, 도건의 어깨로 얼굴 가까이 가져다 대며,

정우 (아무렇지 않은 듯) 아 향수는, 이건 내가 첫날이라 잘 보이고 싶어서.

정우가 도건의 어깨에서 얼굴 떼면 도건의 시선에 들어온, 옆에 플레이팅된 스페셜 메뉴.

도건 이거 누가 만들었어?

눈알만 굴리고 있는 셰프들… 도건과 정우 번갈아 눈치 보기 바쁘다.

정우 아 어쩌나… (정우 보며) 또 난데.

도건 이 요리가 뭔 줄 알고 당신이 함부로 손을 대.

정우 뭔 줄 알지. 먹어 봤으니까, 그때.

도건 (버럭 다른 셰프들 보며) 니들은 뭐 했어! 어?
주방이 개나 소나 들어오는 데야?

셰프들 입도 뻥긋하지 못하고 안절부절. 정우를 원망스럽게 처다
본다.

정우   워워. 주방 분위기 너무 살벌하다.

말렸어. 그것도 최선을 다해 말렸지.

걱정 마요. 컴플레인 같은 건 안 들어왔으니까.

건방진 정우 태도에 화가 난 도건, 정우의 멱살을 잡지만 정우는 여
전히 여유로운 미소.

도건   당장 나가!

정우   나 출근한지 아직 한 시간밖에 안 됐는데.

도건   어떻게? 쫓아내 줘?

정우   (자신의 멱살을 잡은 도건의 팔을 내리며) 내가 누군 줄 알고 이러지.

도건   누군지 알 필요도 없고 내 주방에서 당장 나가!

정우   (도건에게 다가서며) 여기가 그쪽 주방이 될지, 내 주방이 될지는 두고

봐야 알 일이지.

도건   뭐?

신경전 가득한 팽팽한 기 싸움, 눈빛을 거두지 않는 도건과 정우.

이때, 들어온 주문서를 서둘러 뽑는 재훈.

재훈   (도건 정우 눈치 보며) 스… 스페셜 메뉴 셋이요!

도건   (화 참고 침착하게 보면)

정우   손님들 기다리고 있는데 급한 불부터 끄고
      우리 싸우는 게 순서 아닌가?

도건, 정우의 어깨를 툭 치고 주방으로 들어간다.

도건, 본격적으로 요리를 하기 위해 재료를 손질한다.

요리하는 도건의 모습을 힐끔힐끔 바라보는 정우.

도건 역시 그런 정우를 슬쩍 본다.

정우의 시선으로 보이는 집중한 도건의 눈빛과 힘이 가득 들어간 팬질하는 팔뚝….

도건의 요리 과정을 지켜보며 옆에서 똑같이 스페셜 메뉴를 만들고 있다.

노멀한 도건의 요리에 비해 데코레이션이 더해져 화려한 정우의 요리.

정우   내 스타일대로 한번 해봤어요. 세프!
      이래야 사람들이 사진 찍어서 올릴 맛이 나지.

정우의 요리를 맛보더니 접시를 빼앗아 쓰레기통에 박아 넣는 도건.

정우를 노려보더니 밖으로 나간다.

S#2. 로라 다이닝 옥상, 낮

정우와 로라킴을 마주 보고 앉은 도건, 불안한 눈빛.

로라킴   그게 윤셰프한테는 미안하게 됐어요. 말하는 걸 깜빡했지, 뭐야.
　　　　 아, 두 사람 첫 만남… 살벌했다고 들었는데.
　　　　 (정우와 도건 번갈아 보며) 괜히 나 무안하게 하지 말고
　　　　 편하게, 좀 친하게 지내주세요. 응?

도건　　 이유가 뭡니까? 저희끼리 호흡 잘 맞고 여태 잘….

로라킴   그건 윤셰프 생각이고. 내 생각은 달라서.
　　　　 나머지 공부보다 효과적인 게 뭘까, 생각해 봤는데
　　　　 생각해 보니까 전교 1등한테는 나머지 공부가 필요 없겠더라고.

도건, 영문 몰라 로라킴 보면,

로라킴   대신… (정우 보며) 다른 학교 1등을 데리고 오면
　　　　 재밌겠다 싶었어요.
　　　　 재밌잖아~ 클래식한 윤셰프와 트렌디한 최셰프의 대결 구도.

정우, 도건에게 승리의 눈빛 날리면 도건은 그 눈을 어이없다는 듯
회피한다.

로라킴   그리고 한 달 뒤에 신메뉴 테이스팅 열 계획이예요.

도건 신메뉴 테이스팅이요?

마주 앉아 있는 로라킴과 굳은 표정의 도건.

로라킴 말 그대로. VIP 손님들 모시고 신메뉴를 평가받는 자리인 거죠.
도건 (심각해지는 표정) 평가 후에는요?
로라킴 한 주방에… 헤드 셰프가 두 명일 수 없잖아요.
정우 (도건 보며) 아! 굴러 들어온 돌이 박힌 돌을 빼내라?
이거 사장님 너무 짓궂으시다~
로라킴 글쎄~ 굴러 들어온 돌이 박힌 돌을 더 단단하게
만들 수도 있을 것 같은데.

도건은 '꼭 이렇게까지…' 하는 눈빛으로 로라킴과 눈을 맞춘다.
도건과 로라킴 사이 팽팽한 긴장감.

로라킴 안 그래요, 윤셰프?

S#3. 야외 테이블, 낮

브레이크 타임. 생각에 잠긴 도건에게 다가오는 예준, 예준이 차를
내민다.

예준 셰프님 좋아하시는 꽃차입니다.

스트레스 한 방에 날려 줄~

재훈　(예준과 도건에게 걸어오며) 아닌데, 아닌데.

셰프님은 나처럼 활력소가 필요한데.

딱 지금이지 말입니다.

예준과 재훈, 서로의 것을 받으라고 티격태격하면,

도건　(두 개 다 받아 들고 나서야 조금 웃고) 땡큐. 고마워.

어딘가 응시하는 도건의 시선. 예준과 재훈이 멋쩍어 아무 얘기나
한다.

예준이 도건 시선 따라가면 미슐랭 증서가 걸려 있는 액자가 보이고.

예준　아, 우리 저거 받을 때 진짜 신났었는데.

(생각할수록 화나서) 로라킴 사장님

누구 덕에 미슐랭 달고 승승장구하는지도 모르고!!

재훈	모르지! 아주 그냥 몰라!
도건	조용히 해라.
예준	아이 그렇잖아요…!
	처음부터 이상하다 했어.
재훈	그치. 아니, 들어오자마자 셰프님만 할 수 있는 요리를
	하루 만에 뚝딱 만들어 내냐고…!
	그게 말이 됩니까?
예준	안 되지!
재훈	분명 이거 사장님이 레시피 넘겼을 거야.

재훈의 말을 들으니, 문득 요리하던 정우의 모습이 떠오르는 도건.

플래시백

조금 전 정우의 요리 맛보던 도건의 모습.
생각보다 자신의 요리와 맛이 흡사해 놀란 눈치.

현재

생각에 잠긴 도건 한숨 푹 쉰다. 이때 눈치 없는 재훈.

재훈	근데 요리하는 폼이 막… 엣지가 있더라고.
예준	(옆구리 쿡 찌르며 짜증) 챙겨요, 챙겨. 좀.
재훈	(눈치 보며) 뭘?
예준	눈치!

이때, 휘파람 불며 가까이 다가오는 정우.

여전히 장난기 어린 표정으로 도건에게 다가가며,

정우   급 정색이 혹시 본인 캐릭터인가 봐?

          (의자에 앉으며) 사랑이 넘치는 이 키친에 나도 좀 끼워줘 봐요.

          사이좋게~

도건   한 달 뒤면 그쪽이 나가든 내가 나가든

          둘 중 하나일 텐데, 정붙일 필요 있나?

도건과 예준이 일어서서 나가자, 뻘쭘한 정우.

정우   원래 캐릭터 저러지?

재훈   (멋쩍어하며) 원래 저런 사람이 아닌데 오늘 좀 까칠하시네….

정우   원래 까칠한 것 같아.

S#4.   공원, 밤

편의점에서 사 온 맥주와 과자를 놓고 도건, 통화한다.

도건   어, 알아봤어?

최셰프   (소리) 예상대로 최정우, 걔, 족보 없는 놈이더라,

외국 물은 좀 먹은 것 같은데, 학교 출신도 아니고,

뭐 말 그대로 뜨내기지, 암튼 조심해라. 이 바닥 알잖아.

없는 것들이 있는 사람 뜯어 먹으려고 득달같이 덤벼드는 거.

날카로운 눈빛으로 맥주를 들이켜는 도건.

S#5.   레스토랑 주방, 낮

지각해 놓고 느긋, 당당하게 들어오는 정우. 손에 든 커다란 봉투를
보며 흐뭇해한다.

정우	쏘리. 좀 늦었네.
재훈	일찍 일찍 좀 다닙시다. 일찍 일찍.
정우	재훈쓰~ (봉투에서 앞치마 꺼내 건네며) 선물.

앞치마 꺼내서 하나씩 주는 정우.
얼떨결에 앞치마 받아 드는 셰프들.
재훈 눈치 없이 예쁜 앞치마에 눈 돌아가서 펼쳐 보고 난리다.
정우, 도건에게도 앞치마를 하나 건네자 도건은 옆으로 휙 던져 버
린다.

정우	앞으로 앞치마는 이걸로 하죠.
도건	(어이없는 표정으로 하- 웃는)
정우	아 그리고 난 그 조리복이 영 불편해서 좀 편하게 입을까 하는데 괜찮죠? 요리사는 요리만 잘하면 되니까.
도건	(어이없어서 바라보면)

정우 (도건에게 바짝 다가서며) 오늘 이 눈빛은 좀 어려운데.

   좋다는 건가 싫다는 건가.

   …

   뭐 내 마음대로 해석하지 뭐.

도건 (그런 정우가 또 어이없고)

정우 별로인가?

(시간 경과)

S#6. 홀, 밤

테이블에 각종 술과 음식 세팅되어 있고 셰프들이 모여 앉아 있다.

곁에서 고기 굽고 있는 재훈.

그들과 멀리 카메라 앞에서 예준, 로라킴과 통화한다.

예준 네, 사장님. 오늘 맛있게 잘 먹고 잘 놀다가 끝낼게요.

걱정하지 마시고요. 네, 알겠습니다. 감사합니다!
(통화 끊고 테이블 쪽으로 가며) 자~ 잔들 다 채우셨죠?

재훈   (고기 들고 테이블로 가며) 잠깐!

예준을 필두로 셰프들이 건배하려고 하면,

예준   자 다 같이 짠~!

정우, 재훈, 예준 건배 짠 하는데 혼자 건배 안 하고 술 마셔버리는
도건.
그 모습에 어색해하는 셰프들.

예준   하하… 요즘 짠 같은 거 잘 안 하잖아요?
재훈   (눈치 보며) 촌스러워, 하지 마, 하지 마.

정우, 도건 보고 똑같은 속도로 따라서 홀짝 마시면 도건, 자신의

잔에 술 따라서 홀짝 마신다.

도건   너희끼리 놀아, 오늘은.

난 그럴 기분이 아니라.

재훈   에헤이 셰프님~ 본디 회식이라 함은

그럴 기분이 아닌 사람들을 위해 존재하는 거잖아요~ 그쵸~

후다닥 달려가서 능글맞은 목소리로 도건 잡는 사회생활 만 랩 재훈.

정우   (웃으며) 그치! 나 이렇게 적당히 어색한 분위기 좋아해.

2차는 내가 쏜다!

도건, 어쩔 수 없이 다시 자리에 앉는다.

재훈   (정우 보며) 아, 맞다. 근데 그 윤도건 셰프님 요리는

어떻게 만든 거예요?

도건, 정우를 슬쩍 본다.

정우   맛은 추억이거든. 그 순간 함께한 사람, 분위기,

느낌을 기억하는 거야.

정우, 그윽한 시선으로 도건 보면 도건, 그 시선을 회피해 버린다.

재훈	아니, 그러면은, 한번 이렇게 맛보면 다…?
정우	뭐…. (술 마시고)
도건	(시선은 피한 채) 너 같은 애들 스타일 잘 알지.
정우	(도건 한 번 봤다가 예준, 재훈 보며) 나 같은 스타일은 어떤 스타일일까?
도건	요리에 근본도 없이. 대충대충….
정우	하. 근본 없다는 소리 뒤에서는 들어 봤어도
	앞에서 제대로 듣는 건 또 처음이네.
	기분 되게 별로다.
도건	내가 뭐 없는 말 했나?
정우	즐거운 회식 자리에서 또 너랑 싸우기는 싫은데.
도건	(어이없다)

도건과 재훈 무섭게 서로 마주 본다.

재훈   아, 그만 그만… 그만들 하시고. 그만 좀 싸우세요, 진짜.

(밑에서 마이크 꺼내며) 그렇다면 이쯤에서

우리 신입 노래 안 들어 볼 수 없겠죠~?

셰프들   오~ 노래해~ 노래해~

정우   (재훈의 마이크 뺏어 들며) 다들 반하지 마라~

자리에서 일어나 테이블 앞으로 나온 정우, 목 몇 번 풀고 노래를
시작한다.

도건, 술잔을 들었다가 노래를 부르는 정우를 바라본다.

비틀거리는 손으로 소주 원샷한 도건이 정우의 노래에 놀라 바라
본다.

도건, 그런 정우에게 살며시 미소 짓는다.

재훈   와. 진짜 사기캐야, 뭐야. 요리도 잘하고….

열심히 노래하는 정우가 재훈, 예준에게 다가가고 정우의 노래에
그윽해진 도건의 눈빛에 정우, 도건과 눈을 맞춘 채로 시선을 고정
한다.

노래 부르는 정우에게 시선을 둔 채 술잔을 드는 도건.

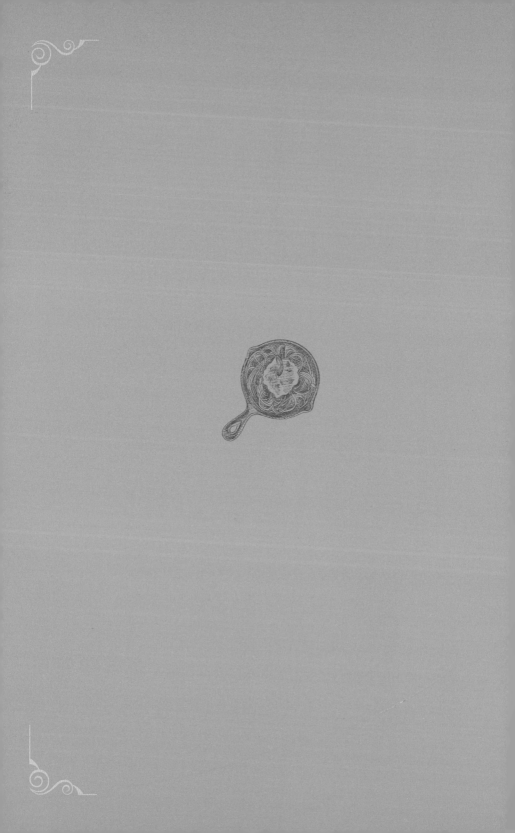

THREE

My Sweet Dear

S#1.   홀, 밤

셰프들   노래해~ 노래해~

정우   (재훈의 마이크 뺏어 들며) 다들 반하지 마라~

자리에서 일어나 테이블 앞으로 나온 정우, 목 몇 번 풀고 노래를
시작한다.
도건, 술잔을 들었다가 노래를 부르는 정우를 바라본다.
비틀거리는 손으로 소주 원샷한 도건이 정우의 노래에 놀라 바라
본다.
도건, 그런 정우에게 살며시 미소 짓는다.

재훈   와. 진짜 사기캐야, 뭐야. 요리도 잘하고… 노래까지….

열심히 노래하는 정우가 재훈, 예준에게 다가가고 정우의 노래에
그윽해진 도건의 눈빛.
정우, 도건과 눈을 맞춘 채로 시선을 고정한다.
노래 부르는 정우에게 시선을 둔 채 술잔을 드는 도건.
취기가 잔뜩 오른 도건은 결국 고개를 푹 숙인다.
맞은편에서 이 모습을 본 재훈과 예준 "큰일이다", "갈 타이밍이다"
라고 하면서 속삭인다.

도건   (테이블 쾅 내리치며 일어나) 어딜 가!

셰프들, 너나 할 것 없이 밖으로 우르르 몰려 나가는데 그 뒤에 따
라나서려던 예준이 걸음을 멈추고,

예준   (비장하게) 조심하세요, 셰프님. 물어요.

정우   물어? 뭘…? 야, 어디가!

황급히 퇴장하는 예준.
게슴츠레한 눈으로 정우 앞에 선 도건.
도건의 눈이 정우의 귀에 꽂힌다.

도건   (촉촉하게 취해서 귀여운 표정으로) 혼…자… 먹냐….

정우   뭘?

도건   젤리 말야.

정우   젤리?

도건   그래! 젤리.

도건이 입을 벌리고 정우의 귀를 앙~ 깨물어 버린다.
정우, 작게 비명을 지르다가 쓰러지는 도건을 받는다.

S#2.   고급 빌라 침실, 밤

끙끙거리는 힘겨운 정우의 소리가 선행되면, 침대에 도건을 눕혀
놓는 정우.

힘들어서 바닥에 털썩 주저앉는다.

도건 (잠꼬대하듯 웅얼거리며) 재수 없는 새끼… 왜 다 잘하고 지랄이야.

로라 다이닝은 절대 안 뺏겨. 내 거야.

(정우의 귀 가리키며) 젤리도 내 거야.

이 모습을 옆에서 지켜보고 소름 돋는 정우.

컷 튀면 도건 얼굴에 마스크 씌워 주는 정우.

조금은 안정된 만족스러운 표정을 짓고는 침대 옆에 깔아 둔 이불

위에 자신도 눕는다.

정우 아이고 힘들어~

(시간 경과)

컷 튀면, 귀를 다 덮는 헤드셋을 끼고 평온한 표정으로 잠에 들려

하는 정우의 모습.

마스크 쓴 도건과 헤드셋을 낀 정우.

정우, 덮었던 이불을 살며시 도건에게 덮어 준다.

S#3.   고급 빌라 침실, 낮

어제 입은 옷 그대로 양말만 벗고 베개를 끌어안은 채 세상 모르게

자고 있는 도건.
낯선 천장과 낯선 침대… 마스크 쓴 거 보고 아차 싶어 하면서 벗
으며 일어나는 도건.

S#4. 고급 빌라 주방, 낮

안방 문 살짝 열어 주방 살펴보는 도건.
블루투스에서 흘러나오는 힙한 음악.
암홀이 깊게 파인 민소매 트레이닝복을 입고, 여전히 헤드셋을 낀
채로 주방에서 요리하는 정우.
정우 스타일로 꾸민 주방. 세워진 와인 빈 병 등 자유분방한 분
위기.

S#5. 고급 빌라 침실, 낮

후다닥 침대에 앉아 양말을 신는 도건.

S#6. 고급 빌라 주방, 낮

몰래 문틈으로 나와서 현관으로 향하려던 도건.
정우, 그런 도건을 발견한다.

정우   일어났냐?

도건에게 다가가며 정우, 블루투스 버튼을 눌러서 음악을 종료시
킨다.

도건	어… 근데 내가 왜 여기에….
정우	그러게. 네가 왜 여기 있을까.
도건	나 뭐 실수한 거 없지?
정우	실수? (알쏭달쏭해 하며) 어떤 실수?
도건	다음에는 그냥 버려.
	힘들게 걷어 오지 말고… 나 간다.

도건이 뒤돌아선 순간, 정우가 다가가 손을 붙잡는다.

정우	어딜 가, 해장은 하고 가야지. 다 됐어.

도건이 뒤돌아보자, 정우가 아차 싶어 손을 놓는다.

정우	빨리 씻어.

S#7. 고급 빌라 주방, 낮

정우, 부엌으로 돌아가면 장면 전환돼 머리에 수건을 뒤집어쓴 도
건이 나타난다.

정우   다 씻었냐?

도건   어….

정우   기다려. 다 됐으니까.

도건, 머뭇머뭇 소파에 앉아 벽에 붙여 놓은 레시피 쪽지들과 요리
책을 본다. 책상 위에 펜 하나를 꺼둔 채 덮어 둔 공책이 보이고….
별생각 없이 넘겨보는데, 〈유튜브 레시피〉〈스페인 여행하며 먹은
음식〉 등의 제목으로 빼곡하게 적힌 레시피북.
정우의 노력이 가득 담긴 공책 앞에 생각이 많아지는 도건이다.
도건, 정우 슬쩍 보면,

정우   (음식 맛보다가) 앗, 뜨거! …맛있네.

도건, 다시 공책으로 시선 떨구면,

정우Off   다 됐다! 밥 먹자.

도건 마치 훔쳐보다 걸린 사람처럼 놀라서 노트 후다닥 덮고,

S#8.　고급 빌라 주방, 낮

테이블 위에 매운 주꾸미 볶음으로 만든 해장 파스타를 올려놓는
정우의 손이 보이고.
'이건 무슨 냄새지?' 싶어서 바라보는 도건.

정우　어때? 딱 네 스타일이지? 너 매운 걸로 해장한다며.

도건　그걸 어떻게 알았어?

정우　상대를 알아야 전략을 세우는 법. (도건 보며) 우리 라이벌이다?
(국자로 음식 뜨며) 그럼 맛 좀 평가해 주시죠, 스타 셰프님?

정우, 도건에게 요리 담긴 그릇 건네면 도건, 후후 불어 한 입 맛
본다.

정우   최고지? 이왕이면 배민 리뷰처럼 부탁해.

     도건, 고개 갸웃하더니 음식이 담긴 냄비를 들고 스토브로 향한다.
     그리고는 다른 재료와 향신료를 첨가하더니 한 번 맛본다.
     정우, 그런 도건의 모습을 천천히 바라본다.

도건   됐다.

     정우, 스푼으로 요리를 한 입 떠서 먹는다.

정우   (감탄하며) 햐~ 아까보다는 쪼끔 더 맛있네.
도건   이런 게 클래스라는 거야.
정우   (냄비 들며) 다행이다. 나도 매운 걸로 해장하는데.
           우리 통하는 게 하나 있네?
도건   난 아니고 싶은데.

     테이블에 다시 냄비 놓는 정우.
     둘이 맛있게 먹는 모습.

S#9.   고급 빌라 앞, 낮

     역시나 멋 잔뜩 부린 차림으로 나오는 정우, 그 뒤에 어제 옷 그대
     로 나오는 도건.

정우, 클러치로 도건의 엉덩이를 슬쩍 친다.

정우   타.

도건   우리가 같이 출근할 사이는 아니지 않나?

정우   (피식 웃으며) 그치.

          우리가 같이 젤리 뜰 사이는 아니지 않냐?

정우의 말에 아차 싶어서 눈 질끈 감는 도건. 정우, 차에 올라타면 도건, 정우와 눈 마주칠 자신이 없어서 창피한 마음에 다시 혼자 걸어간다. 그러자, 정우 차 타고 걷고 있는 도건 옆에서 천천히 운전하며 도건이 가는 방향 따라 후진한다.

정우   그래도 타! 지금 눈빛은 난이도가 너무 상인데….

          오늘은 그냥 타자.

멋들어지게 선글라스를 쓰는 정우. 도건, 별수 없다는 듯 차에 올라탄다.

S#10. 정우의 차 안, 낮

옆자리 어색한 도건. 벨트를 맨다.

정우   잠깐만.

핸드폰 팟캐스트 어플을 켜는 정우. 요리 관련 방송이 흘러나온다.

도건   너 이런 것도 들어?

정우   유튜브, 팟캐스트… 다 내 요리 선생님이야.

             난 누구처럼 꽉 막힌 스타일은 아니라.

도건   (욱하는) 나, 꽉 막힌 사람 아니거든!!

정우   (놀리듯) 맞거든?

도건   사람 함부로 판단하지 마라.

정우   (계속 약 올리는) 함부로 아닌데!

도건   (내리려는) 나 갈래.

정우   (말리며) 워워, 농담이야. 발끈하기는. (머리 쓸어 넘기고) 그럼 출발~!

S#11. 식자재 창고 앞, 낮

창고 문 앞에서 낑낑대며 실랑이 중인 도건의 모습. 한참의 고전 끝에 문이 열린다.

도건   (안으로 들어가며) 이따가 손 좀 봐야겠다.

문 사이에 고정대를 끼워 놓는 도건. 그대로 창고 안으로 들어간다.

S#12. 식자재 창고 안, 낮

약간의 어둠 속에서 식자재들을 둘러보는 도건.

잠시 뒤, 모습을 보이는 정우. 문 앞을 서성인다.

식자재의 상태를 이리저리 살피는데, 인기척에 돌아보는 도건.

보면, 정우가 문 앞에 서 있다.

안으로 걸어 들어오며 문을 닫는 정우. 그 순간, 고정대가 튕겨 나가고-

구석에 쪼그리고 앉아 있던 도건의 다급한 목소리.

도건   야, 문 닫지 마! 문! 문!

잠이 덜 깬 정우가 "뭐?" 하는 사이! 이미 닫혀버린 문….

정우   뭐야 왜?

도건   (한숨) 고장 났어. 안에서는 안 열려.

정우   그럼 우리 여기 갇힌 거야?

       와~ 스릴 넘치는데?

도건   (고개 들어서 정우 한심한 듯 쳐다보고)

FOUR
My Sweet Dear

S#1. 주방동 앞, 낮

홀로 훌쩍이며 양파를 손질하고 있는 예준.

예준   아… 진짜 맵네. (훌쩍) 진짜 죽겠어, 죽겠어….
         진짜… 왜 이런 걸 나한테 시키는 거야… 진짜….

예준, 투덜거리며 양파를 손질하고 있으면 도건, 예준에게 다가와
소스 맛을 봐달라며 건넨다.

도건   이거 맛 좀 봐줄래?
예준   네! (맛보더니 양손 엄지 척) 역시, 대박. 마법의 손! 진짜 맛있어….
도건   (피식 웃으며) 오버한다.

정우, 예준과 도건 쪽으로 다가오더니 예준에게 어깨를 두른다.

정우   우리 예준이, 셰프 되려면 열심히 해야지?
예준   (살짝 비꼬듯) 셰프는 신메뉴 테이스팅 준비 안 하세요?
         열심히 하셔야 될 텐데. 이거 대박 맛있는데?

도건, 시선은 여전히 소스에 가 있지만, 왠지 신경 쓰이는 표정.

정우   나는 좀 이지한 게 좋아~

예준　쉽게요?

정우　심플 이즈 더 베스트. 모르나?

　　　(예준 어깨 두드리며) 자. 백만 개 깐다. 실시!

예준　(훌쩍이며) 실시…!

휴게실로 들어가는 정우.

도건과 단둘만 남게 되자 조심스럽게 정우 얘기 꺼내는 예준.

예준　(속삭이듯) 셰프, 셰프… 제가 최셰프님 뒷조사를 좀 해봤거든요?

도건　(꿀밤 한 대 콩) 아주 시간이 남아돌지.

예준　(머리 만지며) 아 진짜, 셰프님은 누구 편이에요?

도건　주방에 편이 어딨어.

예준　(다시 속삭이듯) 최정우 셰프님,

　　　스페인 레스토랑에서도 발리에서도

　　　같이 일했던 셰프들 레시피 싹~ 카피해서

　　　자기 것처럼 SNS에 올리고 그랬대요.

　　　대박이죠?

정우, 뒤편에 서서 예준의 얘기를 조용히 듣고 있다.

예준　그러니까 셰프님도 조심 또 조심.

　　　막판에 셰프님 레시피 쓰윽 카피할 수도 있잖아요.

정우가 만든 스페셜 요리를 먹어 봤던 기억을 떠올리며 생각에 잠기는 도건.

플래시백

정우의 빼곡한 레시피북 펼쳐 보며 놀라는 도건의 표정.

현재

도건 …그 소문, 아마 아닐 거야.

예준 셰프님이 그걸 어떻게 알아요!?

도건 그냥 알 것 같아.

   (호흡) 그리고, 최정우든 누구든

   쉽게 따라 할 수 있는 요리는 안 만들 거니까 걱정하지 말고.

예준 (쌍 엄지 들고) 역시… 리스펙…!!!

도건 쓸데없는 소리 그만하고, 장 볼 물건들 체크해서 얼른 사와.

   난 식자재 창고 가서 신메뉴에 필요한 재료들 좀 살펴볼게.

예준 알겠습니다. 다녀오십쇼!

생각에 잠긴 듯한 정우의 표정. 그대로 주방 쪽으로 향한다.
도건, 그런 정우의 뒷모습 바라보다가 안으로 걸어 들어간다.

예준 (소스 맛보며) 맛있어! (한 번 더) 음, 또 맛있어!

   (또 한 번 더) 아니, 어떻게 세 번까지 맛있어?

S#2. 식자재 창고 앞, 낮

창고 문 앞에서 낑낑대며 실랑이 중인 도건의 모습. 한참의 고전 끝에 문이 열린다.

도건　(안으로 들어가며) 이따가 손 좀 봐야겠다.

문 사이에 고정대를 끼워 놓는 도건. 그대로 창고 안으로 들어간다.

S#3. 식자재 창고 안, 낮

약간의 어둠 속에서 식자재들을 둘러보는 도건.
잠시 뒤, 모습을 보이는 정우. 문 앞을 서성인다.
식자재의 상태를 이리저리 살피는데, 인기척에 돌아보는 도건.
보면, 정우가 문 앞에 서 있다.
안으로 걸어들어오며 문을 닫는 정우. 그 순간, 고정대가 튕겨 나가고-
구석에 쪼그리고 앉아 있던 도건의 다급한 목소리.

도건　야, 문 닫지마! 문! 문!

잠이 덜 깬 정우가 "뭐?" 하는 사이! 이미 닫혀 버린 문….

정우	뭐야, 왜?
도건	(한숨) 고장 났어. 안에서는 안 열려.

정우, 그 말에 문 열어 보려 하지만 열리지 않는다.

정우	너 그걸 왜 지금 말해!
도건	그럼 언제 말해!
정우	열어 달라 하면 되지. (주머니 뒤지며) 어? 아… 핸드폰 두고 왔네.
도건	(막막한 듯 고개 푹 숙이고)
정우	그럼 우리 여기 갇힌 거야?
	이야~ 스릴 넘치는데?
도건	(고개 들어서 정우 한심한 듯 쳐다보고) 근데 너 여기 왜 왔어?
정우	신메뉴에 쓸 재료들 고른다길래 염탐 차원이랄까.
도건	뭐야, 너 다 듣고 있었어?
정우	입 아프게 또 말해야 하나? 지피지기면 백전백승.

(시간 경과)

정우, 추워졌는지 손바닥을 비비며 열을 내는데, 옆에 있는 도건은
안색까지 창백하다.

정우	아~ 춥다.
	(도건 보며 살짝 놀라서) 너 괜찮아?

정우가 도건에게 손 뻗자 도건, 정우의 손 치워버린다.

도건   아, 됐어.

정우   상태 안 좋아 보이는데….

안 되겠다 싶은 정우가 앞치마를 벗어서 도건에게 덮어 준다.

정우   이것 좀 덮어.

도건   (옷 치우며) 됐다고….

정우   (다시 덮어 주며) 그냥 좀 덮어. 난 괜찮아.

도건, 끌어안은 무릎에 턱 올려놓고 반쯤 풀린 눈으로,

도건	… 근데 너… 다 들었지?
정우	(호흡) 응?
도건	왜 듣고도 가만히 있냐?
	그러니까 그런 소문이 돌지….
정우	(피식 웃고) 넌 그게 왜 소문일 거라고 생각하는데?
도건	건방지긴 해도, 그럴 놈 같진 않아서.
정우	(도건 말에 진지한 표정으로 바라보면) 근데 근본 없는 놈이라 그러냐?
도건	미안.
정우	(조금 울컥하는 마음 숨기려 괜히 밝게)
	아~ 앞치마 벗어 주길 잘했네.
도건	넌 이런 상황에도 장난이 치고 싶냐?

도건을 걱정하며 바라보는 정우.

무슨 말을 더 하려다가 기침하는 도건.

정우 넌 내가 진짜 밉겠다. 그치? (호흡) 나 사실 요리 좋아해서 한 거 아냐.

도건 그럼?

    누가 시킨다고 할 스타일은 더더욱 아닐 거 같은데.

정우 요리하면 배부르게 먹을 수 있으니까.

    적어도 밥은 안 굶으니까.

도건 (놀라서 빤히 쳐다보면)

정우 나 그렇게 불쌍한 눈빛으로 보지 마라.

    다른 사람들도 그래서… 말 잘 안 해.

도건 그럼 지금은… 배부르겠다?

정우, 조심스레 도건의 어깨에 팔을 두른다.

도건이 뿌리치려하자 도건을 혹 끌어안는 정우.

정우 따뜻하다.

도건, 묘한 기분이 들어 눈을 질끈 감는다.

S#4. 공원, 밤

벤치에 앉아서 생각에 잠겨 있는 도건.

'에라 모르겠다' 표정으로 정우에게 문자 보내는데 '아깐 고마웠어

…'까지 썼다 지우고 '몸은 괜찮냐'라고 다시 써서 톡을 보낸다.

S#5. 편의점 앞, 밤

정우, 편의점에서 봉지 들고나오는데 휴대폰 진동. 씨익 웃는다.
벤치에 앉아 도건에게 답장하려는데 이번에는 로라킴에게서 전화
가 온다.

S#6. 공원, 밤

톡에 1이 사라지는지 안 사라지는지 뚫어져라 바라보는 도건의 조
금은 긴장된 표정.
이때, 1이 사라졌다!

도건   (괜히 긴장해서 혼잣말) 어, 읽었다.

초조한지 다시 핸드폰을 보는데,

도건   뭐야… 읽씹이야?

S#7. 편의점 앞, 밤

로라킴과 통화하는 정우의 모습.

로라킴   윤셰프랑은. 진행은 잘 되고 있나?

정우off   네, 뭐.

로라킴off   내일 윤셰프랑 바람 좀 쐬고 와요.

           재료 보는 안목도 배울 겸.

정우   저 궁금한 게 있는데, 윤도건에게 이러는 이유가 뭐죠?

통화하는 로라킴의 옆자리에는 〈로라 다이닝 프랜차이즈 검토 방
안〉이라는 문서가 보인다.

로라킴   스페셜 메뉴에 대한 지분을 나랑 윤셰프랑 반씩 가지고 있어서.

           우리한테는 좋은 명분이 필요하잖아요. 설명 더 필요해요?

정우, 말없이 휴대폰을 내려놓는다.

S#8. 공원, 밤

핸드폰을 보며 혼자 서운한 도건. 맥주를 들이켠다.

S#9. 편의점 앞, 밤

심각한 표정으로 고민하고 있는 정우의 모습.

S#10. 갯벌, 낮

호미로 흙을 파내니 모습을 드러내는 조개.

도건, 집어 만족스러운 미소를 짓는다.

고무 바구니에 퐁당. 꽤 많이 잡았다. 허리를 숙여 다시 호미질하
는데-

쑥 들어오는 누군가. 도건, 올려 보면, 한껏 멋을 부린 정우가 서 있다.

정우	서프라이즈!
도건	뭐야?
정우	윤도건. 너 왜 이렇게 식재료에 진심인 거냐. 나랑 진~짜 안 맞는다.
도건	너가 여긴 웬일이야?
정우	왜긴. 너 또 염탐하러 왔지.
도건	스토커야, 뭐야…. (다시 호미질하며)
정우	(호미를 들어 보이며) 야, 어떻게… 이렇게 하는 거야? 이렇게?

정우, 호미질하더니 조개 하나 들어 보인다.

| 정우 | 야! 조개. 내가 조개를 잡았어. |

도건, 황당한 듯 웃음 짓더니 정우를 일으켜 걷는다.
흥겨운 음악이 흐르고-
갯벌을 나란히 걷고 있는 도건과 정우.
정우에게 호미질을 가르쳐 주는 도건. 곧잘 따라 하는 정우.
뜨겁게 내리쬐는 태양 아래, 열심히 조개를 캐는 도건과 정우의
모습.
정우, 호미질하다가 땀범벅. 싱그러운 도건의 얼굴을 유심히 본다.
살짝 눈빛이 흔들린다.

도건	(정우에게 다가오며) 최정우. 뭐냐? 몇 마리 잡았어. 봐 봐.
정우	어디 갔지…?

도건 뭐야. 한 마리도 못 잡았어?

정우 어디 갔네….

도건 열심히 좀 해라. (바구니에서 낙지 꺼내며) 난 낙지도 잡았는데.

　　　도건이 낙지를 정우에게 보이자 정색하며 뒷걸음질 치는 정우.

도건 뭐야. 상남자인 척은 혼자 다 하더니, 완전 겁쟁이네.

　　　장난스럽게 더 들이미는 도건.

　　　정우, 휘청대다가 뒤로 쿵 자빠진다.

　　　정우, 갯벌을 질질 기어가고 태양은 뜨겁고 도건의 얼굴에 물을 뿌
리는 정우. 깔깔깔.

　　　갯벌에 드러누워 활짝 웃는 두 사람.

　　　정우, 일어나더니 도건에게 손을 건넨다.

　　　도건, 정우의 손을 잡고 일어난다.

FIVE
My Sweet Dear

S#1.   갯벌, 낮

태양은 뜨겁고 도건의 얼굴에 물을 뿌리는 정우. 깔깔깔.

갯벌에 드러누워 활짝 웃는 두 사람.

정우, 일어나더니 도건에게 손 건넨다.

도건, 정우의 손을 잡고 일어난다.

어느새 고무 바구니를 가득 채운 조개들과 해산물들.

컷 튀면 정우, 도건에게 사진 찍자며 어깨동무한 채 셀카 포즈를 취한다.

이내 사진을 찍고– 살짝은 친해진 느낌의 두 사람. 정우도 살짝 미소 짓는다.

도건, 정우에게 낙지를 슬며시 들이민다.

정우   (뒷걸음질 치며) 와, 나 식겁했네 진짜….

도건   으이구, 겁쟁이.

정우   야, 우리 열심히 일했으니까 이제 열심히 놀자.

도건   놀기는, 아직 반도 못 채웠어.

정우   수영복 갖고 왔어?

도건   웬 수영복?

정우   가자~

정우, 도건 끌고 화면 밖으로 사라진다.

S#2.   해변, 낮

반짝반짝 일렁이는 바다, 밀려왔다 들어가는 파도가 시원한 한적한 해변.
널찍한 파라솔을 활짝 핀 정우, 선글라스 낀 채 웃으면 도건이 나타난다.

도건   이런 거 갖고 다니는 사람은 처음 본다.
정우   내가 좀 로맨틱해~ 하, 얼마 만에 바다냐!

컷 바뀌면 돗자리 펼치는 정우.

정우   야~ 날씨 좋다.

정우가 거침없이 셔츠를 벗고 도건은 민망한 채 서 있다.

정우   넌 안 벗어?
도건   난 됐어….
정우   그래라, 그럼.

정우, 선글라스 낀 채로 돗자리에 엎드린다.
컷 튀면 눈을 감고 갈매기 소리와 시원한 파도 소리를 느껴보는
도건.
서서히 눈을 떠서 옆에 누운 정우를 바라본다.

잠이 든 걸까? 미동 없이 누워 있는 정우.

도건의 시선으로 보이는 정우 등에 송골송골 맺힌 땀.

이내 등줄기를 따라 천천히 흐르는 땀 한 방울.

정우   (갑자기 툭) 너 뭐 하냐?

도건   (당황) 어? 뭐 하긴 누워 있지.

아… 안 잤어?

정우   (피식) 잠든 줄 알았지?

나 너 계속 보고 있었는데…

잘생긴 내 얼굴 그만 보고 물놀이나 가자.

정우, 벌떡 일어나서 도건을 일으켜 세운다.

컷 바뀌면 시원한 바닷가에 몸을 담그고 장난치며 행복한 시간을

보내는 두 사람.

(시간 경과)

해가 지고, 돗자리에 누워 바다를 바라보는 두 사람.

도건   여기 좋지?

정우   (일어서며) 뭐가?

도건   여기서 하고 싶었어. 레스토랑.

내가 하고 싶은 레스토랑은 이렇게

조용한 바닷가 옆에 있는 셰프 마음대로 식당.

정우   그거는 지금도 할 수 있잖아.

        스타 셰프께서 뭐가 무서워서…

도건   스페셜 메뉴. 그거 때문에 남아 있는 거야.

        사실… 그 이상의 요리를 만들고 있지 못하는

        내 지질한 미련일 수도….

정우   요리의 근본도 없는 나는 셰프로 성공하는 게 목표였는데.

도건   우와 최정우 너 은근 뒤끝 쩐다.

        내가 미안하다고 그렇게 했는데 그걸 또….

정우   두고두고 1년은 놀려 먹을 거다.

도건   마음대로 해라.

이때 도건이 허밍으로 노래를 작게 흥얼거리는데… 정우의 자작곡
이다.

정우   뭐야? 그렇게 좋았어?

도건을 빤히 보다가 조용히 휘파람 불어 주는 정우.
나란히 앉은 두 사람 뒷모습. 두 사람의 손가락이 닿을락 말락 하면
화면 천천히 멀어진다.

S#3.　고급 빌라 거실, 밤

함께 셀카 찍은 사진 보며 웃는 정우.
도건의 사진을 보며 복잡한 표정에 한숨을 쉰다.

정우　하… 윤도건.

S#4.　시장, 낮

수산물 가게 앞에서 허리 굽힌 채 통화하는 도건.

도건　야, 너 왜 안 와? …막내?

잠시 후, 클러치로 도건의 엉덩이 툭 두드려 도건 뒤돌아보면, 재훈
이 아니라 정우다.

정우　쏘리! 늦었네.
도건　뭐야, 넌?
정우　재훈이보다는 내가 더 낫지 않나?
　　　식재료에 진심인 윤도건 셰프한테 좀 배워 볼까, 해서.

도건 얼굴 옆에 자신의 얼굴 가까이 대는 정우.
쑥 들어온 정우 얼굴에 도건 당황하는데.

도건	(?)
정우	나 이제 향수도 안 뿌리는데~
도건	(당황해서 괜히) 뭐래, 당연한 거지.
정우	(바보같이 웃는) 난 지금 당이 땡기는 게 아니라
	달달한 윤도건 칭찬이 땡기는데.
	칭찬 한번 받기 너무 힘들다.
도건	(그냥 웃고)

식재료 고르면서 부쩍 다정한 모습으로 대화 주고받는 두 사람의
모습.
도건이 정우에게 싱싱한 수산물 고르는 법을 알려 준다.

도건	애들은 상처가 있는지 없는지 잘 확인해야 해.
정우	(끄덕이며 받아 적고) 상처 확인!

도건	근데 오늘은 상처 하나도 없고. 다 싱싱한 것 같은데?
정우	음~ 싱싱하다!
도건	재들도.

수족관에서 생선 보고 있는 도건. 물고기 한 마리 따라가는 도건의 눈빛.

일렁이는 물결에 순간 분위기가 묘한데….

정우	참 묘해.
도건	(정우 보며) 뭐가?
정우	네 눈빛.
도건	(?)
정우	촉촉했다가 가끔은 서늘해지고.
도건	지금은?
정우	지금은?
	배고프다.
도건	가자.
정우	배고파. 밥 먹으러 가는 거야?
도건	가자.

화면 밖으로 사라지는 두 사람.

S#5. 식당, 낮

화면에 놓이는 커다란 물회 한 접시.

물회 보고 살짝 표정이 굳는 정우.

도건   (정우 살펴보더니) 너 설마? 못 먹어? 셰프 자격 미달인데…?

정우   (세 손가락을 펼쳐 보이며)

내가 세상에서 못 먹는 게 딱 세 가지가 있는데.

넘버 원은 아니고… 투야.

도건   (피식 웃더니) 이거 여기만의 특별한 레시피로 만들었어.

(한 그릇 떠주는) 나 믿고 한번 먹어 봐. 진짜 맛있어.

정우   (긴장한 표정으로) 머…머…먹는다.

정우, 내키지 않는 표정을 짓다가 눈을 감고 한 입 넣는다. 우물우물.

눈을 팟 뜨며, 감탄사와 함께 함박웃음. 한 입, 두 입, 계속 떠먹는다.

흐뭇해하는 도건과 감동하는 정우.

도건   어때? 내 말 맞지?

정우   맛있다!

도건   다행이다. 투덜대면 어쩌나 싶었는데.

정우   내가 왜 이걸 이제 먹었을까? 나 이제 시작한다?

(젓가락 뜯더니 하나 집어 들며) 이거는, 뭐야? 멍게?

이때 쑥 들어오는 도건의 손. 정우의 입가에 묻은 양념을 슥슥 닦아
준다.

살짝 흔들리는 정우의 눈빛. 도건, 멋쩍어하며 물회를 먹는다.

S#6. 주방동, 낮

주방에서 분주하게 자기 역할을 하고 있는 셰프들.

정우 바쁘게 움직이다가 주방 후드 모서리에 머리 찧고 혼자 아파
하고, 소스 한 방향으로 휘휘 젓다가 큰 소리에 그 모습 본 도건.

도건   조심 좀 해.

재훈   그러니까 말입니다. 조심 좀 하십쇼, 조심 좀.

정우   (자기 머리 만지며)

         야, 너 나 말고 이 모서리 걱정하는 거지?

재훈   당연하지~

정우는 재훈에게 헤드록을 걸려 하고 재훈은 도망가려는.

아까부터 소스 만들기에 열중한 도건에게 시선이 가는 정우.

정우가 도건에게 다가가고 자두 살사 소스를 만들고 있는 도건.

손등에 묻히는 도건, 그중 반 정도 먹어 보고 고개를 갸우뚱….

정우   왜? 맛이 이상해?

그러자 정우가 도건의 손을 가져가서 손등 위에 반 남아 있는 소스를 먹어 본다.

순간 정우의 손등 키스에 당황한 도건이 손을 뺀다.

정우　(눈 빤히 보며) 맛있다.

　　　(소스 보며) 여기에 허브 좀 넣어 볼까?

도건　여기다?

정우　응, 그럼 완전 새로운 맛이 될 거 같은데?

도건　(뭔가 촉이 온 듯) 오올.

정우　(어깨 들썩하며 귀엽게 잘난 척)

　　　윤도건 칭찬 땡긴다. 그 달달한 눈빛으로 쏴 주라.

도건　(웃지만 싫진 않다)

이때, 밖에 지나가던 재훈이 두 사람 사이에 불쑥 끼면서.

재훈　(질투 나서) 뭐예요, 두 분?

도건　뭐가….

재훈　(도건과 정우 번갈아 보며) 어? 내가 촉 하나는 예술인데.

　　　뭐지, 이 서로를 바라보는 낯선 멜로 눈빛은…!

도건　(당황해서) 자꾸 뭐라는 거야?

재훈　두 분! 저보다 더 친해지시면! 저… 질투합니다.

귀여운 경고 날리고 식재료 창고로 가는 재훈.

정우와 도건은 괜히 뻘쭘하고 옆에서 지켜보던 재훈이 피식 웃으
며 밖으로 나서고.

정우   내일 저녁에 뭐 해?

도건   왜?

서로 마주 보며 웃는 두 사람.

도건, 믹서기를 작동시킨다.

SIX
My Sweet Dear

S#1. 주방동, 낮

정우가 도건에게 다가가면 자두 살사 소스를 만들고 있는 도건.
손등에 묻히는 도건, 그중 반 정도 먹어보고 고개를 갸우뚱….

정우(E)   왜? 맛이 이상해?

그러자 정우가 도건 손을 가져가서 손등 위에 반 남아 있는 소스를
먹어본다.
순간 정우의 손등키스에 당황한 도건이 손을 뺀다.

정우   (눈 빤히 보며) 맛있다.

(소스 보며) 여기에 허브 좀 넣어 볼까?

소스에 허브 가루 뿌리는 손가락.

정우   내일 저녁에 뭐 해?

도건   나?

정우   (피식) 그래 너!

도건   왜?

서로 마주 보며 웃는 두 사람.
도건, 믹서기를 작동시킨다.

S#2.   고급 빌라 거실, 저녁

은은한 조명. 약간은 로맨틱한 분위기.

와인 잔과 향초, 빵과 샐러드까지 세팅된 테이블에 음식을 내려놓

는 정우.

도건   뭐 좋은 일 있어? 분위기 왜 이래.

정우   그 물회 있잖아. 맛이 너무 강렬해서 계속 생각나더라고.

(소파에 앉으며) 오늘은 내가 그 강렬함을 선사할까 해서.

(호흡) 스페인 광장에 가면 137계단이라고 있거든.

그 계단 끝에서 후미진 골목길로 가다 보면

자그만 레스토랑이 하나 있어.

거기서 알바할 때, 어깨너머로 배운 요리야. 손드리사 데 알본디가스.

도건   손드… 뭐?

정우   손드리사 데 알본디가스. '손드리사'는 미소라는 뜻이야.

한 입 떠먹어 보는 도건. 절로 얼굴에 미소가 번진다.

씩 웃으며 건배를 건네는 정우. 쨍 부딪히는 와인 잔.

도건, 시선 던지면 블루투스 스피커에서 정우의 자작곡 흘러나온다.

정우   넌 아직도… 내가 밉냐?

도건   (피식 웃으며) 처음부터 밉지 않았어.

단지 내 주방에… 누가 들어온다는 게 낯설었을 뿐이야.

정우   지금은? 지금도 낯설어?

도건   (고개 갸웃)

정우   난 네가 좋다.

시선을 마주 보는 두 사람.

플래시백

회식 날, 자작곡을 부르던 정우의 모습.

그런 정우를 보던 도건의 표정.

현재

도건   나도 좋아.

와인 잔을 부딪히는 두 사람.

정우, 와인을 마신 얼굴에 미소가 번지고 도건, 정우의 요리 다시

맛보며 웃음 내보인다.

정우   (도건 보며) 투 손드리사 에스 에르모사*. (*너의 미소가 아름답다)

S#3.   공원, 밤

가로등 켜진 공원을 걷는 도건. 재훈과 통화 중이다.

도건   아니라니까. 고재훈, 까불지 마. 너 내일 주방에서 봐.

이때 울리는 핸드폰 톡 알람.
뭔가 싶어 보면 정우와 갯벌에서 함께 찍은 셀카.
그리고 언제 찍었는지 모르게 찍힌 자신의 모습들이 하나같이 다 따뜻하다.
한 장 한 장 넘길 때마다 도건, 감동이다.

S#4. 로라 다이닝 사무실, 낮

이른 시간, 마주 앉아 있는 로라킴과 정우.
로라킴이 꽃차를 따라서 정우에게 건넨다.

정우   향이 좋네요.

로라킴   눈으로 한 번 마시고, 또 코로 한 번 마시는 차죠.

정우   웬일로 이렇게 일찍 불러 주시고.

로라킴   중요한 일이니까.

서류를 정우 앞에 내려놓는 로라킴. 보면, 헤드 셰프 계약서.

로라킴   선물. 맘에 들어요?

정우   윤도건 꼭 팽시켜야 돼요?
       그 친구가 로라 다이닝 어떻게 생각하는지

누구보다 사장님이 잘 아시면서.

로라킴 (말 끊고) 둘 사이에… 내가 모르는 뭔가 생겼나 봐요? 그런 건가?

정우 (눈빛만 이글이글)

펜을 쥔 정우의 손이 가볍게 떨리고, 계약서에 적히는 정우의 사인.

S#5. 야외 테이블, 낮

생각에 잠긴 채 벽에 머리를 기대는 정우. 눈을 질끈 감는다.

S#6. 주방동, 낮

어두운 표정으로 들어오는 정우.
이때 도건이 주방 모서리마다 보호대를 붙이고 있다.

정우 뭐 해.

도건 어떤 바보가 칠칠찮게 자꾸 여기저기 찧고 다녀서….

정우 (말없이 바라보고…)

도건 (정색) 진작부터 하려고 했던 거야. 그 눈빛 오버야.

보호대 붙이는 일에 열중한 도건의 모습을 빤히 바라보던 정우가
도건의 얼굴을 제대로 쳐다보기 미안했는지 도건의 뒤로 돌아가
안고 등에 기댄다.

도건　(당황해서) 아… 남들이 보면….

정우　(가라앉은 목소리로) 잠깐만… 머리가 너무 아파서….

도건　(살짝 돌아보며) 괜찮아?

정우　(기댄 채로) 도건아, 나… 너랑 가고 싶은 곳이 있어.

'얘가 왜 이러지?' 싶어서 걱정스러운 도건, 정우 쪽으로 고개를 돌려 본다.

S#7.　삽교호 놀이공원, 해 질 무렵

놀이공원에 들어온 두 사람. 관람차로 다가간다.

도건　(관람차 쪽 시선 고정하며) 이거 타러 오자고 한 거야?

정우　(같은 방향 시선 고정) 응.

　　　(웃으며) 타자.

관람차 도착하고 올라타는 두 사람.

S#8.　관람차 안, 오후

도건　(창 너머 바깥 보며) 예쁘다.

정우　여기에 앉아서 한 바퀴 다 돌잖아?

　　　(가슴 툭) 이 안에 있던 응어리들이 다 풀어진다.

도건	시간이 멈춘 것 같다. 우리만 있는 것 같아.
정우	(눈가가 촉촉하다) 좋은 사람 생기면 꼭 같이 오고 싶었어.
도건	좋은 사람… 그 말… 참 좋다. (밖을 내다보며) 큰일이다.

(혼잣말처럼) 이상하게 너랑 같이하는 건 다 좋아지려 그러네.

정우 옆으로 자리를 옮기는 도건, 두 사람 가까이 붙어 앉아서 창밖을 본다.

정우의 시선은 도건에게 향해 있다.

자기 얼굴만 빤히 바라보고 있던 정우와 눈이 마주치자 순간 멈칫하는 도건.

꽤 가까운 거리에서 두 사람 중 누구 하나 고개를 돌릴 마음이 없다.

조마조마하고 아슬아슬한 정적이 흐르는 순간…

정우가 도건 손 위에 자신의 손을 포갠다.

기다렸다는 듯 도건에게 천천히 다가가 키스하는 정우.

분위기에 빠져들며 서서히 눈을 감고 아름답게 키스하는 두 사람 뒤로 삽교호 노을이 붉게 내려앉는다.

노을 위로 천천히 돌아가는 관람차.

S#9. 삽교호 다리 위, 저녁

다리 위를 나란히 걷고 있는 두 사람. 손등이 서로 닿을락 말락 하고 있다.

정우	도건아.
도건	응?
정우	우리… 신메뉴 테이스팅… 하지 말자.
도건	갑자기 왜 약한 모습?
	정면 승부, 그런 거 좋아하는 거 아녔어?
정우	원래 네 자리를 두고 경쟁한다는 거 자체가….
도건	(말 끊으며) 안 되겠다. 너 때문에라도 꼭 할 거야.
정우	도건아… 그게….
도건	(말 끊고) 나 오늘 기분 너~~무 좋은데.
	오늘은 그냥 이렇게 우리 둘만 생각하자.

예쁜 다리 위, 서로 나란히 걷는 두 사람.

다리 끝에서 갈매기에게 과자를 던지는 둘. 얼굴에 행복한 미소가 가득하다.

S#10. 자동차 안, 저녁

서로를 바라보는 두 사람. 이윽고 정우, 불안한 눈빛으로 도건을 슬쩍 본다.

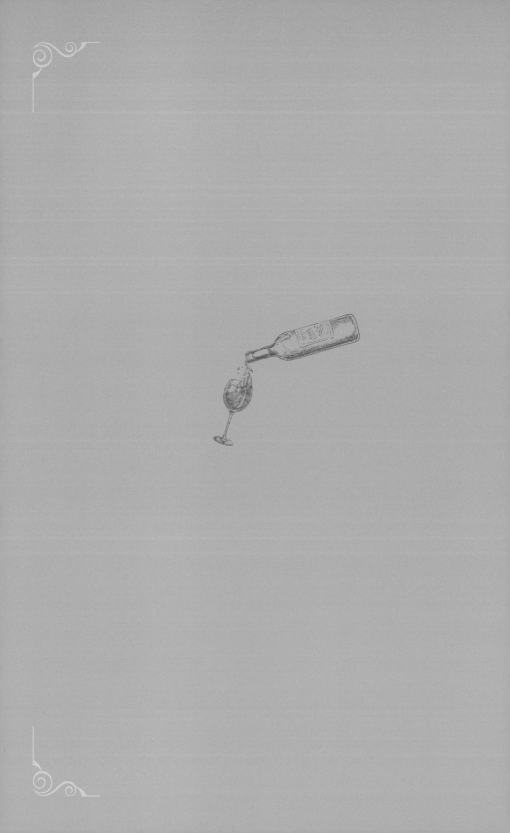

SEVEN

My Sweet Dear

S#1. 로라 다이닝 사무실, 낮

화분에 분무기로 물을 주며 통화 중인 로라킴.

로라킴 평가는 무슨. 그냥 와서 맛만 보면 된다니까.
이미 정해져 있는 승패야. 응, 테이스팅 때 봐.

주소록을 검색하는 로라킴. 요리 평론가들의 이름 중 하나를 터치
한다.

로라킴 평론가님~ 잘 지내셨어요?

잠시 뒤, 똑똑똑. 노크 소리. 정우가 들어온다. 뭔가 할 말이 있는
표정.

로라킴 제가 조금 이따 전화 드릴게요. (전화 끊고) 무슨 일이야?
정우 저랑 얘기 좀 하시죠.

S#2. 로라 다이닝 옥상, 낮

정우 정정당당하게 하고 싶어요. 사장님도 저도 부끄럽지 않게.
로라킴 그러다 지기라도 하면요?
정우 그때는 결과에 승복해야죠.

로라킴   말 참 쉽게 한다? 갑자기 왜 이래요, 최셰프?

정우   도건이… 아니 윤셰프, 변하고 있다고요.

         사장님께서도 원하셨던 거잖아요.

로라킴   난 그대로 진행할 거에요.

         이미 심사위원들 다 포섭해 놨고, 이제 와서….

         우리 마무리만 잘하면 해피엔딩인데, 괜히 찬물 끼얹지 말라고요,

         최셰프?

정우   누구를 위한 해피엔딩이죠?

로라킴   (째려보며) 그럼 지금 윤셰프 부를까요?

         지금까지 이 경쟁은 처음부터 연극이었다,

         최정우는 윤도건을 내쫓기 위한 배우였다,

         이렇게 얘기하면, 뒷일 감당할 수 있겠어요?

         대답하지 못하는 정우. 대신 몸을 부들부들 떤다.

         그 사이 예준이 옥상으로 올라온다.

로라킴   우리 최셰프, 유학이 아니라

         사실 해외도 한 번 못 나가본 사람이라는 거.

         다 가짜라는 거, 윤셰프가 알면 어떤 표정을 지을까?

         마음이 더 복잡해진 정우.

         그런데 예준의 목소리가 들리고, 아마도 대화를 다 들은 모양.

예준   (애써 담담한 척) 사장님, 손님이 찾으셔서….

아무 일도 아닌 듯 옥상을 내려가는 로라킴. 다급하게 예준을 붙드
는 정우.

정우   (간절한) 예준아, 다… 들었어?
도건이한테는 말하지 말아줘. 부탁할게.
내가 직접 다 말하고, 내가 다 해명할게.

예준, 정우의 팔을 뿌리치고 내려간다.
도건, 복잡한 마음에 머리를 쓸어 넘긴다.

S#3.   고급 빌라 거실, 저녁

눈을 꼭 감은 채, 소파에 앉아 있는 도건. 정우가 포장된 상자를 방
에서 들고나온다.
순진하게 눈을 감은 도건을 보고 미소 짓는 정우.

도건   (눈을 뜨며) 이게 뭐야?
정우   선물. (상자 열며) 짠.

기대감에 찬 얼굴로 상자를 여는 도건. 대관람차 오르골이 근사
하다.

오르골에 시선을 빼앗긴 도건. 점점 밝아지는 표정.

도건　　우와. 감동이다, 최정우.

정우　　칭찬에 인색한 윤도건의 극찬이라니.

도건　　(웃으며 정우 보면)

정우　　나 성공했다.

정우, 오르골 꺼내면 두 사람 시선 맞부딪힌다.

정우　　이 눈빛. 진짜 감당이 안 된다.

　　　　너 일부러 그러는 거지?

도건　　자연스러운 건데?

정우　　아닌 것 같은데?

예쁘게 돌아가는 오르골 사이에 두고 장난치는 두 사람.

정우, 물끄러미 보다가 도건과 시선 마주하자,

정우　　도건아…. (무언가 말하려다)

도건　　응?

정우　　(결국, 엷은 미소만) 니가 좋아하니까 나도 좋다.

　　　　도건, 오르골을 보며 이리저리 만지작거린다.

S#4.   공원, 밤

집으로 향하는 도건의 가벼운 발걸음. 행복한 표정. 그때 울리는 핸드폰.

발신자가 예준이다. 대수롭지 않게 전화를 받는 도건.

도건   응, 예준아.

S#5.   고급 빌라 거실, 밤

소파에 앉아 양주를 마시고 있는 정우. 한숨이 깊어진다.

문소리에 고개를 돌아보면 도건, 정우에게 달려와 쇼핑백을 가슴 팍으로 던진다.

도건   (들어와 고개를 들면 싸늘한) 야, 최정우!

정우   왜 그래….

도건   너 나한테 할 말 없어?

정우   무슨 할 말….

도건   진짜 할 말 없어? 진짜?!

정우   무슨 말인지 알아듣게 얘길 해 봐….

도건   무슨 말? 야, 최정우. 너 진짜 뻔뻔하다.

        내가 슬슬 속아 넘어가니까 재밌었냐? 신났지?

        나 바보 만드니까 좋았지?

정우   아니, 도건아. 그거 오해야.

도건   오해? 오해는 무슨 오해! 너랑 로라 사장님이랑….

정우가 도건에게 다가가자 퍽, 정우를 밀쳐 내는 도건.
뒤로 나자빠지는 정우.

도건   거짓말하지 마. 예준이한테 다 들었어. 이제 더는 안 속아.

도건, 뒤돌아서서 나가려 하자 정우가 소리친다.

정우   내가 다 말할게!

도건   (뒤돌아본다)

정우   그러니까 흥분 좀… 가라앉혀줘.

도건   아니. 이제 더는 듣고 싶지 않아.
        앞으로 내 눈앞에 얼씬거리지도 마.
        너랑 이제 모르는 사이니까.

정우, 도건을 붙잡지만 막무가내다. 정우, 도건에게 쇼핑백을 건네자
울먹이던 도건이 마지못해 가지고 나간다.
정우, 울먹이며 바닥에 무너져 내린다.

S#6. 공원, 밤

쇼핑백을 옆에 둔 채 울먹이며 벤치에 앉아 있는 도건.
배신감과 동시에 여러 감정이 뒤섞여 복잡하다.

플래시백

관람차에서 시선을 마주하던 두 사람.

정우   (눈가가 촉촉하다) 좋은 사람 생기면 꼭 같이 오고 싶었어.
도건   좋은 사람… 그 말… 참 좋다.

현재

S#7. 고급 빌라 거실, 밤

도건이 나간 뒤 그대로 바닥에 주저앉아 있는 정우.
다짐한 듯, 밖으로 나선다.

S#8. 공원, 밤

도건을 찾으려 하지만 보이지 않고,
도건이 떠난 벤치에 오르골이 담긴 쇼핑백만이 남아 있다.

S#9. 야외 테이블, 낮

도건에게 전화 거는 정우. 하지만 도건의 핸드폰은 계속 꺼져 있다. 그때 재훈, 정우에게 뛰어온다.

재훈 셰프… 지금 주문 엄청 밀렸어요.

정우 알았어. 금방 갈게.

재훈 아… 윤셰프님 진짜 왜 이러지… 결근도 한 번 안 하신 분이….
      진짜 많이 아프신 거 아니에요?

정우 내가 연락해 볼게. 먼저 가 있어, 일단.

재훈, 고개 끄덕인 뒤 주방으로 향한다.

정우 (문자, E) 너 올 때까지 나 계속 기다릴 거야.

S#10. 공원, 밤

멍하니 벤치에 앉아 있는 도건. 정우의 문자를 보더니 눈물이 또르르 흐른다.

플래시백

정우 넌 아직도… 내가 밉냐?

도건 (피식 웃으며) 처음부터 밉지 않았어.

단지 내 주방에… 누가 들어온다는 게 낯설었을 뿐이야.

정우　난 네가 좋다.

도건　나도 좋아.

시선을 마주 보는 두 사람.

현재

정우의 문자를 텅 빈 눈동자로 바라보는 도건. 마음이 혼란스럽다.

S#11. 주방동, 밤

불이 꺼진 주방에 홀로 앉아 있는 정우. 외로이 켜져 있는 전구 아
래서 넋 나간 표정.
정우, 술잔을 기울인다.

정우　(혼잣말) 내가 나쁜 놈이지….

내가 나쁜 놈이다….

입구에 보이는 실루엣. 바로 도건이다.

정우　(울컥하는) 너 뭐 하는 거야! 전화는 왜 안 받아!

도건　걱정했구나.

로라킴 사장님이랑 손잡고 윤도건 엿 먹여야 되는데,

대체 어디 갔나 하고.

정우   야 윤도건! 너 지금 그걸 말이라고 하냐?

빤히 정우의 얼굴을 바라보는 도건. 눈동자가 조금씩 떨린다.
그러면서 무너지는.

도건   나 네가 미운데… 정말 꼴 보기 싫은데
그런데 자꾸 보고 싶더라. 나 정말 바보 같지?
(울먹) 우리가 함께했던 시간들, 그것도 다 가짜야?

도건에게 달려가는 정우. 와락 껴안는다.
몸을 들썩이다 참았던 울음을 터뜨리는 도건. 그런 두 사람의 모습
을 달빛이 감싸 안는다.

정우   아니, 진심이야.
도건   (정우 품에서 빠져나와) 왜 그랬어? 그렇게 자신이 없었어?
정우   (돌아서며) 나 그만둘게. 사실을 밝히고 내가 물러설게.
도건   (정우를 똑바로 보며) 아니, 이번엔 진짜 너를 보여줘. 진짜 최정우를.
다른 사람들이 널 인정할 수 있으면, 그럼 그때 용서해 줄게.

도건을 더욱 꼭 끌어안는 정우.

정우   미안해….

EIGHT

My Sweet Dear

S#1.   레스토랑 입구, 낮

예준, 신메뉴 테이스팅을 알리는 엑스배너를 들고 와 설치한다.

예준   으쌰~ 오늘이구나.

S#2.   주방동, 낮

조리복의 단추를 채우는 도건과 정우.

도건   잘하자. 최정우!

도건 환하게 웃으며 정우의 조리복 깃을 펴주며,

도건   멋지다.

도건의 말에 복잡 미묘해지는 정우 표정.
도건의 앞치마 끈을 바짝 묶어 준다.

정우   우리 처음 만난 날 생각난다.
도건   (살짝 웃으면서) 너 진짜 못됐었는데. 알지?
          준비됐어?

고개를 끄덕이는 정우. 도건이 손을 들어 보이면 정우, 도건의 손바닥에 자신의 손바닥을 대고 이윽고 두 사람, 손을 맞잡는다.
컷 튀면 두 사람 서로를 보며 요리를 시작한다.

S#3.　야외 테이블, 밤

로라 다이닝의 전경. 사람들이 모여들고, 심사위원석을 세팅하는 예준과 재훈, 보조들.
로라킴은 여유롭게 심사위원들과 인사를 나눈다.

로라킴　(와인 잔 닦으며) 햐~ 우리 다이닝 신메뉴 테이스팅! 기대되는데.

심사위원석 가운데 앉아 있던 로라킴 일어서며,

로라킴　편안하게. 결과는 정해져 있는 거니까요.

예준, 신메뉴가 담긴 서빙 카트를 끌고 와 심사위원석 앞에 세팅한다.
다정하게 심사위원석 앞에 서는 도건과 정우.

로라킴   두 셰프님, 모두 수고 많으셨습니다.
         그럼 두 분 신메뉴 설명 부탁드릴게요.
         동시에 입을 여는 도건과 정우.

도건   제 요리의 주제는 추억입니다.

정우   제 요리의 주제는 사랑입니다.

로라킴   그럼 최정우 셰프님부터 자세한 설명 부탁드려요.

먼저 심사위원 앞에 서는 정우. 침착하게 요리를 설명한다.

정우   제 요리의 주제는 사랑입니다.
       여기, 로라 다이닝에 와서 알게 된 감정이죠.
       그 감정을 떠올리며 요리해 봤습니다.

한없이 좋았다가 때로는 다투기도 하고… 그러면서 또 화해하고.
누구나 경험했을 달콤 쌉싸름한 사랑의 맛을 담아 봤습니다.

정우의 설명과 함께 흘러가는 플래시백.

플래시백
도건과의 추억들. 첫 만남, 바닷가, 관람차 등등.

현재
로라킴, 맛을 보더니 흡족한 표정을 짓는다.
다음으로 심사위원 앞에 서는 도건. 진심이 담긴 표정으로 요리를
설명한다.

도건　　　제 요리의 주제는 추억입니다.
여기, 로라 다이닝에서 셰프라는 이름을 달고
처음 요리를 시작했습니다.
로라킴 사장님과 오픈했던 그날이 아직도 기억납니다.
너무 행복했거든요.

도건의 말에 살짝 움찔하는 로라킴.

도건　　　이 플레이트에는 로라 다이닝에서의 시간을 담아 보았습니다.
누가 그러더라고요. 맛은 추억이다. 정말 멋진 말이죠?

그래서 전 로라 다이닝의 새로운 추억을….

(살짝 목이 메는) 선물하고 싶었습니다.

플래시백

정우와의 첫 만남. 재훈과 예준의 모습. 요리하는 도건의 모습, 두 사람의 키스 등.

현재

서로 얼굴 마주 보는 도건과 정우.

포크를 들고 한참 동안 요리에 손을 대지 못하고 머뭇거리는 로라킴.

조심스럽게 도건의 음식을 맛보는데,

플래시백

로라 다이닝 사무실에서 도건과 부딪히던 날,

도건   전 트렌디한 것보다 베이직한 것이 좋습니다.

현재

무언가 자신이 잘못한 것을 깨달은 듯 로라킴, 코끝이 시큰해진다.

채점표에 점수를 고민하다가 결국 도건에게 최하점을 준다.

그리곤 정우에게는 최고점을 준다.

로라킴, 자리에서 일어나 도건과 정우 앞으로 다가간다.

로라킴　그럼 이번 대결의 승자를 발표하겠어요. 승자는 바로…
　　　　최정우 셰프.

로라킴, 정우에게 다가가 헤드 셰프 명찰을 달아 준다.

로라킴　축하해요, 수고 많았어.

로라킴이 정우의 어깨 툭툭 두드리며 나가자 다른 셰프들이 몰려
온다. 훈훈해지는 분위기. 재훈과 예준도 눈물 글썽.
도건, 몹시 후련해진 표정. 정우, 그런 도건을 보며 씁쓸한 미소를
보인다.

S#4.　주방동, 밤

도건, 플레이팅 정리 중인데 로라킴이 들어온다.
도건의 표정은 여유롭지만 로라킴 어딘가 아쉽고 미안한 표정.

로라킴　윤셰프, (한숨) 생각해 보면 나도 잊고 있던 게 많았나 봐.
　　　　아까 윤셰프 요리 맛보는데 우리 처음 오픈했을 때 생각나더라.
　　　　그 순수하고 행복했던 기억들 말이야.
　　　　아참, 이 말은 꼭 윤셰프한테 해줘야 되는데.
　　　　오늘 윤셰프 요리, 내가 먹어본 요리 중에 최고였다고.
도건　　사장님께서 이런 선택을 하신 이유에는 제 잘못도 크더라고요.

근데 전 앞으로도 여전히 고집불통일 거라.(웃고)

그리고 이제 로라 다이닝에는 헤드 셰프가 있으니까요.

로라킴 (손을 내밀며) 윤셰프, 그 선택 재고해 줬으면 좋겠는데.

도건 (악수하는) 그동안 감사했습니다.

로라킴 여전히 윤도건스럽네요.

정우, 그런 두 사람의 모습을 멀찍이서 보다가 웃으며 뒤돌아 나간다.

로라킴이 나가면 도건, 한숨 푹 내쉰다.

S#5. 고급 빌라 거실, 밤

테이블에 요리와 케이크 그리고 와인이 놓여 있다.

촛불을 켜두어 따뜻한 느낌.

도건 약속 지켜줘서 고마워.

정우 윤도건 헤드 셰프님 덕분이지.

도건 앞으로 로라 다이닝 잘 부탁한다.

정우에게 헤드 셰프 명찰을 건네는 도건. 자기 일처럼 뿌듯해하는 표정.

정우 (손을 잡는) 날 위해 남아 줄 수는 없어?

도건   넌 위해 떠나는 거야.

뜨거운 눈빛 보내는 정우.

도건   좋은 날, 왜 그래….
정우   너무 좋아서. 너무 감격스러워서.

정우, 무언가를 꺼내서 도건에게 건네는데 대관람차 오르골 박스다.

도건   이걸 어떻게?
정우   다시는 버리고 가지 마. 항상 곁에 두고 내 생각해.
도건   알겠어. 매일매일 생각할게. (호흡) 먹자!

도건, 요리 맛보더니 흡족한 미소를 짓는다.
정우, 그런 도건을 뚫어져라 쳐다본다.

도건   내 얼굴 닳겠다.
정우   (도건의 손을 잡으며) 잠깐만 이러고 있자.
                윤도건 눈빛 충전 좀 하자.

도건, 정우의 입에 요리 밀어 넣더니 건배를 제안한다. 행복한 두 사람.

S#6.　수산시장, 낮

도건처럼 식재료 하나하나 들어서 살펴보고 꼼꼼하게 체크하며 발 품 팔고 있는 정우의 모습. 상인분들에게 살갑게 웃어 주는 미소.

S#7.　홀, 낮

자막: 3개월 뒤

손님들과 함께 사진 찍는 정우. 활짝 미소 짓는다.
재훈, 그런 정우와 손님들을 카메라에 담는다.

재훈　셰프님, 셰프님! 조금만 더, 스마일~ 자, 갑니다. 하나, 둘, 셋!

손님　감사합니다~ 진짜 잘생겼어요!

정우　저도 알아요.

손님들에게 감사 인사하고 나오는 정우.
예준, 정우에게 엄지척을 날린다.

예준　오늘 신메뉴 대박인데요!

정우　나 최정우다.

예준　아이고, 최정우 셰프님!

정우　파이팅!

예준   파이팅!

테이블을 둘러보던 정우,
주방에서 재훈이 모서리에 머리를 박는 모습을 보며 과거 자신과
도건을 떠올린다.

플래시백 1

도건   조심 좀 해.

플래시백 2

도건   어떤 바보가 칠칠찮게 여기저기 자꾸 찧고 다녀서….

정우   (말없이 바라보고…)

도건   (정색) 진작부터 하려고 했던 거야. 그 눈빛 오버야.

현재

잠시 뒤 울리는 핸드폰 문자 알람.
발신자가 도건이다. 얼굴 가득 들어차는 미소.

정우   어, 도건아.

S#8. 관람차 가는 길, 밤

다급한 발소리와 가쁜 숨소리가 들려오고. 다급하게 달리고 있는

정우.

저 앞, 대관람차가 보인다.

대관람차 앞에 멈춰서는 정우. 가쁜 숨을 몰아쉬며 기진맥진.

바로 그때, 저 멀리 보이는 도건.

도건   더 멋있어졌네.

정우, 돌아보면 도건이 방긋 웃으며 서 있다.

정우   너 만나려고 뛰어와서 스타일링 다 망가졌는데. 뭐가 멋있냐?
도건   네 마음. 그게 멋지다는 말이야.

정우   (눈시울 차오르는) 보고 싶었어. 매 순간마다.

단숨에 달려가 도건을 와락 껴안는 정우.

S#9.   바닷가, 낮

손을 잡고 바닷가를 걷고 있는 도건과 정우의 모습.
행복하게 대화 주고받는 두 사람.

S#10. 바닷가 앞 도건 레스토랑, 낮

저 앞, 바닷가 앞에 자리한 근사한 레스토랑이 보인다. 감동하는
정우.
아직 오픈 전인 듯, 테이블과 의자들이 정리되지 않은 테라스.

도건   여기야.

두 사람, 식당 안으로 들어간다.

정우   (둘러보며) 야… 근사하다!

도건   아직 준비가 덜 돼서 막바지 정리 중이야.
            근데 오늘 덜컥 오픈해 버렸네.

정우   오픈?

도건	널 내 레스토랑의 첫 손님으로 초대하고 싶었거든.
정우	영광인데!

선반 위에 놓여 있는 대관람차 오르골을 바라보는 정우. 미소가 절로 지어진다.

정우	잘 어울리네, 여기랑.
도건	당연하지, 누가 준 건데.

오르골을 작동시키는 정우. 예쁜 소리가 울려 퍼진다. 마주 보며 웃는 두 사람.

정우	그럼 이 집 실력 좀 볼까?

정우 앞에 요리 내려놓는 도건. 프랑스식 물회. 예쁜 비주얼에 시선 빼앗기는 정우.

도건	나왔습니다.
정우	언제부터 윤도건 요리가 이렇게 화려해졌나?
도건	최정우라는 사람을 만나고부터?
	우리 같이 먹었던 물회 기억나?
정우	그 강렬한 맛을 어떻게 잊냐?
도건	내 방식대로 만들어 봤어. 먹어 봐.

정우, 음식 맛을 보는데, 기가 막힌다. 비실비실 새어 나오는 웃음.

정우	기가 막힌다. 최고야.
도건	근데 아직 메뉴 이름을 못 정했어.
정우	(환하게 웃으며) 마이 스윗 디어.
도건	(정우에게 말하듯) 마이 스윗 디어.

꼭 잡은 두 사람의 손. 행복한 도건과 정우의 모습에서 카메라 날아
올라 드넓은 바다를 보여주며 엔딩.

쿠키 영상

S#11. 홀, 낮

주방에서 신나게 요리하고 있는 정우, 예준이 옆에서 함께 걷는다.

정우	아니, 바빠 죽겠는데. 포토 타임이야?
예준	아뇨. 셰프님을 꼭 만나고 싶대서.
정우	날?

정우의 시선에 보이는 양복 차림을 한 한 남자의 뒷모습.

정우	(다가서서) 손님, 음식에 무슨 문제라도….

손님, 선글라스를 벗으면 다름 아닌 도건이다.
정우, 도건 보며 활짝 웃는다.

도건   (요리를 정우에게 건네며) 맛이 너무 강렬해서. 아~

정우의 앞치마를 잡아끄는 도건. 두 사람, 바짝 얼굴이 밀착되는데,

도건   여기 앞치마가 섹시하다.

행복하게 웃는 두 사람의 모습. 경쾌한 음악과 함께 엔딩 크레딧.

오로라크루

장주연 : 〈연애의 참견〉〈개그콘서트〉〈이제 만나러 갑니다〉 등.
장　미 : 〈연애의 참견〉〈정글의 법칙〉〈문제적 남자〉 등.

| 오로라크루 대본집 |

마이 스윗 디어
My Sweet Dear

초판 1쇄 인쇄 2022년 6월 17일
초판 1쇄 발행 2022년 6월 30일

지은이 오로라크루(장주연·장미)
사진 8레트컴퍼니(임범식)
펴낸이 정은선

편집 김영훈 이은지 최민유 허유민
마케팅 강효경 왕인정 이선행
디자인 ALL contentsgroup

펴낸곳 ㈜오렌지디
출판등록 제2020-00013호
주소 서울특별시 강남구 선릉로 428
전화 02-6196-0380 | **팩스** 02-6499-0323

ISBN 979-11-92186-67-2 (03810)

www.oranged.co.kr